복합상징시기획시리즈 · 4

하늘과 땅 사이

(후안) 권순진 詩集

 중국조선족복합상징시동인회

하늘과 땅 사이

스토리를 올라탄 변형 조각들의 행진

중국연변조선족복합상징시동인회 회장 김현순

세상의 시작은 어디고 끝은 어디까지일까. 복합 구성을 이루고 있는 세상은 상징으로 충만 되어 있으며 그 상징은 능동적 가시화를 통한 변형을 거쳐 실천이 이룩된다.

이러한 복합상징은 주로 세 가지 경우로 표현하게 되는데 즉 화폭의 상징, 스토리의 상징, 서정 흐름의 상징이다.

화폭의 상징은 전반 시에서 운용되는 이미지 내지 이미지군들이 서로 동떨어지고 고립되고 독단적인 속성과 표상을 가진 것들이 정서 팽창의 기초 위에서 각자 나름대로 정서에 걸맞은 변형을 하여 하나의 정체를 이루어내는 갈래라고 말할 수 있다.

스토리의 상징은 하나의 이야기 흐름선을 꼭 틀어쥐고 이야기를 엮어나가는 과정에 세절마다 최대한 변형을 거쳐 표현하는 것으로 상징의 목적에 도달해내는 갈래라고 말할 수 있다.

서정 흐름의 상징은 팽창된 단일한 정서의 고저장단으로 일어나는 음악적 리듬을 염두에 두면서, 이미지 내지 이미지군들의 변형조합을 실천해 가는 갈래라고 말할 수 있다.

요컨대 이 세 가지 경향의 복합상징시는 분명한 계선이 모호한바 대체적으로 매개 갈래의 특성들이 많은 비중을 차지하는 경우에 따라 그에 걸맞은 갈래 명명이 붙게 된다.

권순진 시인의 시집 「하늘과 땅 사이」는 스토리의 상징으로 엮인 작품들이 적지 않다는 데서 두각을 드러내고 있다 해도 과언이 아닐 것이다.

빨간 미니스커트
까만 스타킹
계단 오르내리는 황홀함
졸졸 따라가는 욕망

열렸다 닫혀 버리는 무시에
보기 좋게 부딪혀
코가 납작해진 아쉬움

열린 뚜껑으로
모락모락 트림하고 있는
뽀얀 김의 탄식
복도벽 핥고 있다

들려오는 시원한 샤워소리
다시 일어서는 달콤한 신음이
후줄근히 젖어 몸부림친다

-<훔쳐온 행복> 전문

이 시는 한 여인에 대한 짝사랑에 빠진, 사내의 못 견디게 안타까운 심정을 펼쳐 보이는 스토리를 꼭 움켜잡고 놓지 않고 있다. 사내는 여인이 층계를 오르는 모습을 훔쳐보며 그림자처럼, 바람처럼 여인의 뒤를 따라다닌다. 하지만 여인은 사내의 그러한 불타는 심사와는 상관없이 무시해 버린다. 여인이 샤워실에 들어간다. 샤워하는 여인의 살결 문지르는 소리에 사내는 안타깝고 처절하게 복도벽에 귀 대고 애꿎은 마음만 잡아 뜯는다. 사내는 지어 여인과의 정사마저 상상하며 그 속에서 즐거움을 만끽하는 아이러닉한 환각에 빠져 있다.

짝사랑에 빠진 사내들의 가장 원초적인 정감세계를 담대하게, 그러나 그것을 변형을 거쳐 능동적 가시화 처리를 하였다는 데서 이 시는 성공된 작품이라고 볼 수 있다. 혹자는 상기의 전반 시 내용을 보고, 저속한 변태적 인간심성의 표현이기에 이런 시는 극복할 걸 강요하고 있을지도 모른다. 하지만 이에 대한 필자의 견해는 "노우~!"이다.

인간 심성은 가장 원초적인 것일수록 성스럽고 지어 거룩한 것에 가깝다. 남녀교합을 갈망하는 것을 저속하게 보는 것은 세인들의 안광이 그렇게 기형으로 끌고 갔기 때문이다. 음양의 조화, 암수의 교접은 생명을 탄생시키는 위대한 우주의 근본이며 세상의 이치임을 우리는 모르는 바가 아니다. 세상 만물이 모두 암수의 교합을 정당하게 이어가는데 오직 인간만은 윤리 도덕의 기준을 만들어 성에 대한 추구를 제압하고 있는 것이다.

물론 성을 추구하는 것도 무질서, 무중심이 되면 그에 따르는 인생이 혼란스럽고 난잡해지며 나중에는 괴멸에로 떨어지게 되는 경우가 있다. 하기에 이성 간의 사랑은 전일해야 하며, 화끈하면서도 분명해야 한다. 마누라 외에 일명 혼외련(婚外戀) 또는 애인이라고도 부르는, 다른 여인에 대한 사무친 사랑의 감정에 심취해 있을 때, 가정을 지키면서 다른 이성과 사랑을 나눈다면 우리는 바람을 피운다고 한다. 하지만 그러한 것일지라도 사랑을 나누는 두 외간 남녀의 정감세계는 진실한 것이며 순결한 것이다. 그런데 만약 그것이 일방적인 짝사랑에 그치고 만다면 그 심적 고통은 더욱 극치에 달할 것이다. 문학은 예술이지 교육학이 아닌 만큼 인성의 보석 같은 싸라기를 집어내어 형상적으로 보여주는 것으로써 사명이 충분히 완수되는 것임을 우리는 알아야 한다.

이 시에서 화자는 바로 딱, 이 점을 틀어쥐고 스토리를 엮어나가면서 와중에 순간순간 환각의 흐름에 따르는 변형을 시도하였다.

첫 연에서는 욕망이 졸졸 따라다닌다고 했다. 그 욕망은 어디에서 오는가. 층계를 오르내리는 여인의 빨간 미니스커트와 까만 스타킹에서 온다. 사내는 이로부터 사모의 마음이 생기면서 짝사랑에 갈마들게 되는 것이다.

두 번째 연에서는 여인에게 무시당한 비참한 현실을 '무시가 문을 열었다 닫는다'고 의인화함으로써 '무시'라는 추상적인 단어를 가시화 처리, 그것도 능동적(能動的)으로 처리하여 형상성을 높여 주었다.

세 번째 연에서는 실의에 빠진 화자의 비참한 심정을 "열린 뚜껑으로/ 모락모락 트림하고 있는/ 뽀얀 김의 탄식"이라고 표현하였는데, 여기서 뽀얀 김이 '탄식'한다는 표현도 의인화를 통한 능동적 가시화 처리로 된다. 또한 '탄식'이 '복도벽 핥고 있'는 것으로 고통의 절절함을 변형시켜 상징으로 보여주고 있다.

마지막 연에서 화자는 또 신음이 몸부림친다고 하였는데 신음 자체는 소리로써 표현된다. 하지만 화자는 그 속성을 변형시켜 몸부림친다는 행동으로 안겨오게 표현하였는바 참 잘된 표현이 아닐 수 없다. 변형의 매력, 상징의 매력이 바로 여기에 있다고 봐야 할 것이다.

한 수 더 보기로 하자.

빨갛게 익은 손
문풍지 바르고 있다

시린 바람 가슴 허비고
파랗게 질린 하늘
추위에 떨고 있다

가을은
뒷모습만 남기고
고개 너머 사라지고

짧은 하루가
어둠에 익숙해지고 있다

―<시월> 전문

이 시에서는 가을 오니 겨울 날 준비를 하고 있는 경상
(卿相)들을 장면으로 펼쳐 보인, 장면의 조합을 통한, 이야
기 흐름의 상징이라고 볼 수 있겠다.

첫 연에서는 집집마다 문풍지를 바르는 경상(卿相)을 "빨
갛게 익은 손/ 문풍지 자르고 있다"로 표현하고 있는데 여
기서 '손'은 손으로 안겨오는 것이 아니라 '가을'로 안겨온
다. 그러니 당연 가을이 문풍지를 바르는 것으로 변형되어
안겨오기 마련인 것이다.

두 번째 연에서는 "바람이 가슴을 허비고", "하늘이 추
위에 떨고 있다"로 변형시켜 능동적 가시화 작업을 완성시
킨다.

세 번째 연에서는 "가을은 고개 너머 사라진"다고 인격화
하여 보여주고 있다.

시는 이쯤에서 끝나도 가을의 경상(卿相)을 보여주는 것
으로 끝맺을 수 있겠지만 화자는 한술 더 떠서 마지막 연을
승화시켰다.

시에서 보여주는 경지는 화자의 영혼의 경지이다. 영혼의
경지 여하에 의하여 시의 사상의 깊이가 결정된다. 영혼의
정화작업을 거치지 않고 그냥 떠오르는 대로 영혼의 흐름을
시에 옮겨 적는다면 그 시는 무중심, 무주제, 무중력의 기
로에로 빗나갈 수 있어 세상과의 공감대가 이룩되기 어렵게
된다. 때문에 시인이라면 자신의 경지를 갈고닦는 작업이

선차적이다.

영혼의 경지를 골라잡았다면 그담엔 변형을 통한 상징적 표현인데 이것은 심후한 내공과 직접 정비례를 이룬다.

복합상징시에서의 내공이란 바로 능동적 가시화를 통한 변형의 능란한 기술을 말한다.

화자는 이 시 마지막 연에서 "짧은 하루가/ 어둠에 익숙해지고 있다"라는 말로 간결하게 화자의 경지를 클라이맥스로 끌어올렸다. 화자는 '하루'가 사람처럼 '익숙해지고 있다'는 의인화 표현을 함으로써 형상성을 한결 높여주었을 뿐만 아니라 더욱이는 그것이 담고 있는 철리적 함의가 깊고 큰 데 의의가 심후하다고 봐야 할 것이다.

가을이 오면서 낮이 짧아지기에 흔히들 하루가 짧아졌다고 말한다. 인생도 젊음이 가고 나이 들면서, 점점 세월이 짧아짐에 안타까움과 인생무상을 느끼기도 한다. 또한 나이 들수록 눈에 거슬려 보이는 것이 많다. 하지만 어쩌겠는가. 그래도 현실과 타협하며 여생을 더욱 참답게 살려고 석양을 빨갛게 불태우는 것이 아닌가.

화자는 아마 이런 의미에서 짧은 하루가 어둠에 익숙해간 다는, 영혼의 깨달음을 펴 보이면서 전반 시의 마무리를 무게 있게 지었을 것이다.

권순진 시인의 시를 읽어 보면 거개가 삶에 대한 실의, 고통, 방황, 우수(憂愁)로 충만되어 있다. 한 수의 시는 화자의 마음의 발로라고 했다. 마음은 영혼에서 비롯되는 것이며 또한 그 영혼은 육체가 처한 삶의 현장에서의 조우(遭遇)의 영향을 직접 받게 되는 것이다. 때문에 복합상징시는 그 육체가 겪는 정서의 팽창 위에 꽃피우는 생각, 환각, 환상을 통한 변형의 산물이라고 말하게 되는 것이다.

권순진 시인은 일찍 성우(聲優)의 꿈을 가지고 젊음의 열혈가슴을 태우기도 하였고, 그 뒤로는 신문사 편집일도 해보았으며 예술단에서 가수 노릇도 해보았다. 그러다가 이것저것 모두 다 여의치 않으니, 단연 고향을 떠나 중국

내지로 진출하여 창업의 길을 모색해 왔지만 가시덤불의 고행길에 끝은 보이지 않고, 인생은 고달프기만 하였다. 하지만 희망을 잃지 않고 오늘도 열심히 뛰고 있는 멋진 사나이다.

이러한 경력이 바로 그러한 정서를 담은 시로 탈변한 것이리라.

가을 젖은 실비
술 취한 하루를 짚는다

실눈의 나그네
입술 깨문 풍경도
비틀거린다

목욕하는 아쉬움
눈물의 줄기 잡고
버스음악 칭얼대는데

막차의 이별가
우산 속 표정의 진실 감고
아지랑이 날린다

이슬 머금은 창턱 예쁜 꽃
하늘이 내려와
거리바닥 기어다님을
껌 씹으며 본다

－<방황과 슬픔> 전문

이 시에서는 현재 화자가 처한 상황을 아주 핍진하게 상징으로 잘 펼쳐 보이고 있다.

첫 연에서 덧없이 나이 들어가는 자신을 '가을 젖은 실비'에 비유하면서 속내 타는 처지를 술로 달랜다는 것을 보여주고 있다. 여기서 '실비'가 '술 취한 하루를 짚는다'는 표현은 처절한 삶에서 오는 환각적 표현이라고 볼 수 있다.

두 번째 연에서는 비에 후줄근히 젖으면서 고통스레 입술 깨물고 울음을 삼키는 것을 '버스음성' 칭얼대는 것으로 형상적으로 보여주고 있으며, 세 번째 연에서는 막차로 떠나가는 임을 두고 망가진 모습을 보이지 않으려고 우산으로 덮어 감추는 슬픈 장면, 그러면서도 가는 임을 축복해주는 화자의 찢어지는 정서가 걸쭉하게 깔려 있다.

네 번째 연에서 "이슬 머금은 창턱 예쁜 꽃"은 화자가 갈망하는 이 세상 아름다운 것들에 대한 상징이며 "하늘이 내려와 거리바닥 기어다닌다"는 것은 밝고 맑고 청순한 화자의 꿈이 밑바닥을 핥고 있다는 참담한 현실에 대한 토로이기도 하다. 하지만 세상은 상관없이 비참한 화자에 대해서는 '껌 씹으며 보듯'이 냉담하기만 하다.

이 시를 읽고 나면 가슴이 찡하고 눈굽이 축축해나는 것도 누구든 이 시의 경지와 같은 인생 처절함의 경력을 다다소소 가지고 있기 때문인 것이다.

위에서도 언급했다시피 복합상징시란 정치, 교육학이 아닌, 어디까지나 예술이기 때문에 참인간의 참다운 영혼의 흐름 속에서 진주, 보석들을 골라내어 새로운 질서를 세우고 그에 따라 새롭게 표현하여 세상과 공감하는 것만으로도 충분히 사명 완수가 된다.

권순진 시인은 바로 이러한 노력을 기울였기에 상기의 작품들처럼 훌륭한 시를 창작해낼 수 있었다고 본다. <미달이>, <상상력>, <퍼포먼스>, <어느 도시의 밤>, <훔쳐온 행복> 등과 같은 많은 작품들 저마다 훌륭한 특성들을 가지고 있으나 일일이 번다하게 분석하지 않기로 하겠다.

여직 문학의 울타리 안에서 이것저것 닥치는 대로 섭렵하다가 비로소 세계적인 신시혁명에 떨쳐 일어나선 복합상징시운동의 일원으로 동참하여 두각을 드러내는 권순진 시인에게 밝은 미래가 활짝 펼쳐지기만을 기원하는 바이다.

2020년 2월 10일

차례

하늘과 땅 사이

겨울이야기

방 안엔 잘 익은 감자
화롯불 속에서 입 벌리고
추위 몰아내는 시골의 밤향기

창밖엔 별들이
처마 밑 대롱대롱 매달려
군침 흘리며 기웃거리고

바람도 지쳐 잠들면
덜덜 떨던 문풍지
코 고는 소리
조용히 들려온다

하얀 밤 기지개 켜는
동녘 하늘은 간밤
무슨 일 있었을까
수줍어 볼이 빨갛다

지워진 글씨

하늘이 내려주는 하얀 축복
모래톱에 적어 놓은
어젯날의 약속
조용히 덮느라고 애쓴다
부끄러움 사라져가는
들과 언덕에도 지키지 못한
수많은 맹세가 뾰족뾰족

코웃음 치는 바람
쳐다볼 수 없는 수치심
가만히 고개 떨어뜨리는
황혼녘에는 맥 빠진 넋두리

까마귀 몇 마리 흘려버린
추억의 파편 쪼아 먹고 있다

벙어리 되어 숨어 흐르는 강
투명한 갑옷 두툼하게 쓰고
슬슬 피해 동으로 동으로
허둥지둥 도망가고 있다

춘하추동

눈물로 세수한 봄의 얼굴에
햇살 내려앉아 곱게 핀다

무지갯빛 원피스의 여름
강 건너에서 손짓하면
맨발로 뛰어가는
바람의 거친 숨소리
조용한 고요의 단잠 깨우고

노랗게 태질하는 가을향기
들판 지나 산마루 톱는다

잔치준비 하느라
온몸에 찹쌀가루 뒤집어쓰고
웃음 흘리는 겨울의 눈동자
처마 밑에서 맑게 빛난다

바람이 사는 거리

방랑 삼만 리
집시처녀 치맛자락
공작새 날개로 파닥거린다

가냘픈 허리 감아쥐고픈 생각
코끼리 되어 길게 뻗친다

실뱀 되어 문 틈새로 들락날락
빨랫줄 위에서 까치로 까불고

밤이 내리면
별빛 스카프 목에 두르고
달빛 눈으로 말하는 여신 앞에
비너스 고개 숙이고
모나리자 흐느낀다

블루스에 취한 가로등
색소폰 부둥켜안고
키스 퍼붓는다

남국의 겨울

기상시간이
점점 늦어지는 아침

촉촉한 손길로 쓰다듬어 주는
어버이 사랑
안타까운 탄식 숨 내쉰다

아린 기억
마디마디 **뼈** 뚫고 들어가
골수 갉아내는 아픔
연기로 타래 쳐 오르는데
외로움 숫구멍으로 토해내는
알코올 냄새

지나가던 바람
취해서 비틀거리며
아리랑 노래 부른다

너울너울 춤추는 가로수는
정신환각증이었다

일요일 날

아침이 눈떴을 때
일찌감치 일어난 새벽은
드라이로 밤이 흘린 슬픔
말리우고 있었다

이슬로 사라진 추억 다가와
귀밑머리 만지며 속삭이고
어느새 즐거움 속에 빠져
허우적거리는 어리석음

도망가는 아지랑이 눈꼬리엔
이상야릇한 음험함
뽀얗게 날리고
한가한 거리바닥 가운데로
햇살 한 줄 뱀이 되어
꼬불딱꼬불딱 춤춘다

잊는다는 건

발길에 채인 추억
별로 반짝이는 아픔

고배 눈가에
이슬 영롱하다

고드름으로 빛나는
이북고향 처마 밑
그리움 앓는다

청춘의 일기장 얼음 칼로
메마른 가슴 찢는다

떨어지는 겨울새 하얀 울음에
하늘 파랗게 질려 쩔쩔 맨다

어느 도시의 밤

추억이
거리를 안아 눕힌다

가로수 흔드는 눈물
위스키 잔 속에
고독으로 찰방댄다

비틀대는 리듬
부서지는 달빛 비명이
갈대의 붕대로
하얗게 풀려 있다

퍼포먼스

무대 위에 나는 영혼
파랗게 별로 빛나다가 화살 되어
관중석 노란 원피스 가슴에
아름답게 꽂혀 몸부림친다

탐욕의 혀 달콤한 신음 뱉으며
아픔 모르는 황홀함의 귓불
게걸스레 감빤다

두 심장의 박동소리 한데 엉켜
공중에서 맴돌다
손잡고 극장 빠져나와
거리에 향기로운 화폭 만들고
바람 한 줄기 날아와
유혹의 봉긋함 만지작거린다

텅 빈 공간

돌아누운 바나나
하늘 높이 걸려 있다

찢긴 홍시
가슴속에서 눈물 빨갛게 흘린다

바구니에 담겨 있던
따뜻한 기억
바람 지우는데

파릇파릇 돋아나는 아픔
허공에 별로 떠 있다

주말

연 며칠 땀에 절고
향수에 취했던 숨 가쁨
알락달락 고운 빛으로
따뜻한 빨랫줄에서
여유롭게 그네 뛴다

시원히 뱉어내는
달콤한 숨소리
한가로운 공기와 더불어
햇볕 쪼임 즐기고

얄미운 바람
한사코 그 틈 사이
싱겁게 비집고 들어와
어색한 웃음 파랗게 흘리고

와인빛 음악
찻잔 속에 향기로 춤추고
감칠맛 목구멍 넘어가는
말 못 하는 즐거움
행복에 빠져 눈 못 뜬다

좋은 느낌
낮의 손목 잡고
다정하게 공중에 떠 있는
아름다운 유화 속으로

한들한들 걸어 들어가는 모습
세상 다 가진 사랑으로
멈춘 세월 흔들고 있다

기다림의 저녁노을
핏발 선 눈길로
애타게 서산 위에서
서성거린다
화끈한 데이트
밤의 밧줄 타고 내려오면
달도 별도 무색한
진한 스킨십 끈 풀고
이루어질 거야…

이상한 자리

프로이드와 헤겔
철학표 홍차 마시는데
건너편 테이블 위
니체와 히틀러가
모나리자와 비너스 데리고
문학에 대한 토론
커피에 타서 굴린다

창밖, 푸시킨의 질투가
시퍼런 칼 들고
군관과 빨갛게 결투하고

칭기즈칸 독수리 쏘던 활
첼로 켜는 그림자의 이마가
줄 끊어진 진주
반짝거린다

먼발치
춘향 허리 끌어안은 변 사또
왈츠 추는 별빛
오르가슴 떨고 있는
눈동자 향기로 피워 올린다

비몽사몽

2019년 어느 하루가 눈 뜨니
르네상스에 와 있었다
파란 눈에 노랑머리
노 젓는 소리에는
술 냄새 날리고

풍만한 가슴에
개미허리의 애교
뱃길 따라 춤추고
이탈리아 베니스
취한 얼굴에는
위스키빛 미소 찬란하다

윙크 날리는 바이올린
색소폰의 입맞춤엔
꿀이 묻어 뚝뚝
떨어지고

달은 별 한 무리 거느리고
실 한 오리 걸치지 않은 채
물장난 치느라 여념 없고

옷섶 헤치는
그윽한 눈빛에
녹아버린 목석
침 흘리는 모습

우스꽝스러웠다

사발시계의 외침
귓속에 손 넣어서야
제자리로 돌아온 영혼
아쉬움 조용히 뱉어낸다

술

잔 속에 아련한 눈빛
가슴 파고드는 쓸쓸함

오장육부 흔들어놓는
조용한 흐느낌의 애원

아픈 이별 별빛으로
찰랑대는 야속함
밤 한 자락 찢고 있다

파란 불 속에 마지막 댄스 추는
오징어의 몸부림
차마 눈뜨고 볼 수 없어
창밖 멀리
조각달 눈물 가랑가랑
그네 뛰고 있다

인생은 나그네길

아침 마루에 푸시시
계란 프라이 굽는 소리
눈부시게 아름다워지면
조용히 발걸음 떼는 밀짚모자

가벼운 바람 등에 지고
무거운 구름 머리에 이고
꽃향기 입에 물고
손에 풀내음 한 줌 쥐고
앞만 보고 걸어간다
뒤도 한 번 돌아보지 않고

정오의 태양에 머리 지지고
노오란 물감 들인 꼴불견
걸음이 조금은 느리다

어느 구석진 곳 깨끗한 샘물로
갈증 추기고 계속해서
떠나는 방랑자 옷섶에
파란 마음 팔딱팔딱

벌써 오후가 꼬리 감추는
서편 하늘 핏빛으로 아리다
석쉼한 서글픔이
허리에 두른 보자기 풀고
허기진 창자 달래려

추억 갈기갈기 찢어
목구멍으로 삼킨다

발목 잡고 애원하는 어둠
사정없이 뿌리치는 눈가에
별빛 가득 피어오르는데
등 떠미는 막무가내
미련 흘리며 달빛 속에
몸 던지는 안타까움
하얀 연기 토해낸다

도란도란 나무들의 속삭임
강물에 미역 감고 있다
우중충한 산도 빠져
발버둥 치는 정적 속에
부엉이 노래가 둥둥 떠간다

훔쳐온 행복

빨간 미니스커트
까만 스타킹
계단 오르내리는 황홀함
졸졸 따라가는 욕망

열렸다 닫혀 버리는 무시에
보기 좋게 부딪혀
코가 납작해진 아쉬움

열린 뚜껑으로
모락모락 트림하고 있는
뽀얀 김의 탄식
복도벽 핥고 있다

들려오는 시원한 샤워소리
다시 일어서는 달콤한 신음이
후줄근히 젖어 몸부림친다

가로수길

하염없이 내리는 추억
눈초리에 별 빛난다

세월이 앗아간 무성함
앙상한 눈물
가지에 하얗게 피운다

설레는 옛날
길게 드러누워
눈 많은 백양나무

빛
많이 늙어 있다

아직도 꿈틀거리는
젊은 날의 꿈

짝지은 그림자 막걸리 찢어
꼬불딱
홀로아리랑 널어 말린다

상상력

가만히 앉아 있는 블랙커피
모나리자 벽에서 날아 내려와
어깨에 살며시 기댄다
따뜻한 마음
피어오르는 향기
니코틴에 절여진 폐
만지작거린다
밸런타인 한 병
추억 마시고 있다
이십 년 세월
비둘기 되어 품에 안기면
키스의 애무
흥분의 도가니 땀 흘리고
테이블 위 심장 박동 소리
콩닥콩닥
뜀박질하고 있다

얼굴

갈매기 춤추는 그늘 아래
그윽한 심연 속 아름다움
세상 만물 안고 출렁인다

도고한 언덕
넘을 수 없는 장벽
빛과 어둠 갈라놓고

달콤함 속삭이는 립스틱
가슴 세차게 뛰게 하는 엔진
깨물고 싶도록 섹시한 요염함
마비된 심장 주무르고 있다

괘씸한 바람
귀고리 만지작거리며
희롱하고 있는데
아무것도 할 수 없는 안타까움
갈기갈기 찢겨
하늘 중턱에 펄럭거린다

겨울로 가는 길

밤안개 휘청대는
시월도 다 가는 골목길
촉촉이 젖은 낙엽 밟는 소리
고장 난 축음기 뱉어내는
탄식으로 가슴에 스며들고

가까이 우중충한 산에는
귀곡새 울음 하얗게 춤춘다

거리의 네온등
추위에 떠는 희미한 산성
신나게 뛰어다니는 바람

이따금 소스라쳐 깨는 정적
흠칫하다가 또 잠에 빠진다

미닫이

막 뒤에는 어둠 숨죽이고
가만히 숨어 있었다

도깨비 몇몇이
외계인의 말 하고 있는데
아는 듯 모르는 듯
달빛 저고리 입은 옥토끼
고개 끄덕끄덕

여명이 훌 열어젖히자
쏜살같이 사라져버리는
비겁쟁이 같으니라구

샤워하고
가운도 걸치지 않은
예쁜 몸뚱아리 꽃들의 속삭임
풀밭에서 섹시함 춤추고

구슬 흘러내리는
바위 이마엔 햇살이
나비 되어 나풀거린다

시간여행

헬기 내린 밤
무지갯빛 꿈들이 춤추는
시간과 계절 무시한
투전놀이 찰랑대는 와인
그라스에서 핏빛 잃고 있었다
희망 연기 되어
멀리 날아간 자리에
지친 하루가 축 늘어져 있다
세상에 취해 허우적거린다
빌딩숲 숨 막히는 청춘
석양에 물 젖어
막걸리 사발 창자에
털어 넣고 있었다

실수

서슬 푸른 식칼에
밥상에 올려진
억울한 백숙
기침소리에 새벽 잠 깨고
때 이른 꼬끼오 마당에
메아리 울어댄다

눈물 흘러들어
짭짤한 국물
눈 못 감고 세상 떠난
애절한 눈빛 찰방대고

떨리는 젓가락
공포 질린 마음
숟가락이 위로해준다

눈물

어제 새벽 울던 수탉
집 나간 지 벌써 28시

암탉의 억울함이
눈가에 별빛 타고
주르륵 후회 되어
구슬로 떨어진다

사랑의 불신임
바람에 목탄불로 타더니
이슬에 젖어 매캐한 내음으로
아침거리에 나뒹군다

활기찬 햇빛
며칠째 소풍 가고 없는
음산한 강변길
가냘픈 바이올린 소리
강물의 노래 깔아뭉갠다

당연한 일상
평범함으로 이어지고
수많은 지난 밤 이야기
텔레비전 대변인 앞세우고
지하철 안에서 떠들어대고 있다

그날 이후

술 취한 수탉 새벽 두 시의
주책없는 외침 소리

소스라쳐 깨었다가
다시 눈 감는 삼라만상

말 없는 가로등은
알고 있다 그 까닭

가슴 파고드는
울음 섞인 메아리
까아만 정적 흔드는
늦가을 공기 눈물 나게 시리다

세월의 냉혹함
피부로 느끼는 강산

답답한 콘크리트 신작로
매끌거리는 하얀 명주 면사포
쓰고 앉아 기다리는 이
그 누구일까

얄미운 사랑 할퀴고 간 자리
바람이 거들먹거리며
아픈 상처 손으로 찌른다

남은 미련이
한숨으로 뱉어내는 아쉬움
안타까운 아파트
잠 설친 창가 괴로움
초롱불 켜고 고독 태운다

어처구니

잃어버린 어제가
데이트 신청한다

서글픈 마음 앞서 달리고
막무가내 느리게 따라서는
별들의 하소연

달빛 덮은 벤치엔
낙엽 코 고는 소리

수억의 손등에
세월의 주름 팔딱이고
이슬 맺힌 눈언저리
탄식 물고 네온불 춤춘다

늦가을

병든 영혼의 언저리
아픔이 달래준다

기슭에 걸려
발버둥 치는 낙엽
빨갛게 타버린 산

언덕 위 개구리 한 마리
차가운 강물에
첨벙 뛰어든다

시월

빨갛게 익은 손
문풍지 바르고 있다

시린 바람 가슴 허비고
파랗게 질린 하늘
추위에 떨고 있다

가을은
뒷모습만 남기고
고개 너머 사라지고

짧은 하루가
어둠에 익숙해지고 있다

가을비

흐느끼는 새벽
가슴 아픈 사연
아침이 달래준다

들먹이는 어깨에
슬픔 묻어 있고
무정한 가로등
애수에 젖어 있다

멀어져 가는 이별
뒤돌아보지 않고
따라가는 마음
아쉬움에 빠져
눈굽 찍는 안쓰러움
거리에 뒹굴고 있다

창문 두드리는 바람도
이슬 머금고
말을 잃었다

가을과 나

가벼운 바람의 손
나무의 마음 잡아 흔든다
꼬리 감춘 다람쥐의 뙤록거림
나목의 눈은 감겨 있다
마른 잎 뒹구는 아픔의 색상
피발 선 눈길 위에 그네 뛰는 동공
엷은 사랑 노을 비껴들고 있는데
아득히 먼 곳 언저리에
자줏빛 얄미움의 둔갑
카멜레온 갈린 목소리 찢어 들고
타향 연가 깃발로 나부낀다
파렴치한 존재의 냄새에 숨 막혀
하얀 파도 거품 물고 와와 달려든다

못 다 한 말

가을 하늘 낮게 드리워
어깨 들먹이는 밤
슈베르트 자장가
조용히 카페 부채질해주고
침묵 식어가는 커피
스푼 매만지고 있다

빛 잃은 눈동자
안개 자욱한데
먼저 일어서 나가는
하이힐 소리

마음이 뒤따르고
창밖으로 멀어져 가는
희미한 뒷모습

홀로 남은 쓸쓸함
입안을 닦아낸다

나의 하루

새벽 노크소리에
기지개 켜는 상쾌함

아침 연지곤지 바르고
산행 시작한다

짧은 오전 꼬리 감추면
지루한 오후가 답답하다

황혼의 발자국 흥얼흥얼
퇴근길에 나선다

가까이 강물 속에는
별들이 냉수욕 하고
침 흘리며 훔쳐보는 가로등
얼굴이 달아올라 있다

디스코에 취한 도시
이 밤 흔들어댄다
어디선가 들려오는
풀벌레들의 하모니
조금은 서글프게
옷깃에 매달려 떨고 있었다

데이트 날

국화꽃 윙크에 취한
자전거 방울 소리
팔자걸음 한다

노래 저절로
흘러나오는 즐거움
눈 뜨지 못하고 있다

얄미운 황혼의 느릿함
꼬집고 싶은 마음
연기로 날고

초침이 되어
빨리 달리는 심장
어둠 당겨 오느라 땀투성

멀리 꽃이 날 보고 웃는다

인연 · 1

티 없이 깨끗한 눈꽃드레스
하늘에 나부끼는 미소
땅 위에 발레 춘다

고구마가 삼꽂거리
맛나게 구워내는 소리
귀맛 좋게 흐르는
행복 넘치는 겨울

연집하 얼음강판에
별들의 웃음
썰매놀이 즐기고
멀리 팔짱 끼고 바라보는
조용한 달님

온 세상 은빛 날개 돋쳐
흥에 겨워 때 아닌 강강술래
반공중에서 빙글빙글

귀여운 요정
눈사람 되어
눈물 나게 예쁘다

억수로 눈은 쏟아지고
방 안엔 뜨거운 방아
달콤한 신음 향기롭다

인연 · 2

푸르른 어제가
여름강 뛰어넘어
낙엽 속에 묻힌 가슴
이십대로 숨쉬는
가로등 희미한 장백로
사랑이 거닐던
아름다운 옛 추억
옷깃 헤치고 들어온다

조심스레 다가온 입술
혀뿌리 뽑아 가는 감로수
부드럽게 안기는 향긋함
혼은 하늘에 나비 되어 날고
별이 쏟아지는 눈동자
목석 녹이는 순간 아찔하다

가을바람에 돌아오니
아득히 먼 태평양 건너
섬나라에 정은 가 있고
몸만 남아 후회 씹고 있었다

어디선가 울려오는
색소폰의 흐느낌소리…

주방에서

참깨와 들깨 둘이서
조용히 대화 나누는데
주근깨가 들어와서
둘 다 들고 나갔다

얼마 후
깨고소한 이야기
아침 테이블에 올랐다

샤워하고 가운도
걸치지 않았는데
그대로 접시에 담겨버린
얼굴이 빨개진 홍당무

재미와 서글픔
도시락 싸들고
하루 여행 떠난다

또 하루

이별역 창턱에
아쉬움 걸터앉아
미련 훌짝거리고 있다

테이블 위에
명태가 얻어 터져
퀭한 눈빛으로 쳐다본다

비칠거리는 가로등
세상 흔들어대고
간이 커진 욕지걸
골목길 가득 채우고 있다

어설픈 밴드의 하모니
시장바닥 긁어대는
사구려 소리보다 질서가 없다

술 취한 별 몇몇이 층집 위에서
게슴츠레한 눈 껌벅거리고
빛 잃은 달 바람에 쫓기고 있다

이제 새벽이 오려나 보다
수탉이 발성연습 시작한다

멍에

긴 세월 새김질하는
선량한 눈빛 애달프다
힘들면 한숨짓는 너그러움
원망도 애원도 없는
안쓰러움 무표정 낳는다

강물처럼 흘러 보낸 어제가
가끔은 돌아와 아는 체

방울소리 새벽 깨운다
풍년 든 황금파도 이슬 젖어
너넘실 춤추며 반긴다

잠은 멀리 가고

허리가 실면 앓는 새벽
방 안 서성이는 어둠과
돌아눕는 육신 삐걱거리고
타들어가는 고독
고통보다 더 몸부림친다

이십대에 머물러 있는
욕심 많은 마음
서리보다 몇 갑절 차가운
현실 앞에 무릎 꿇고

외눈의 백열등
쏜 눈길
침대 위에 던져진 몸
쓸어내린다

문득

예고 없이 뛰어드는 그리움
옷섶 헤치고 상처 난 가슴
송곳으로 마구 쑤셔댄다

아픔에 익숙한 마비된 심장
제 할 일만 열중하는데
바람이 피씩 웃고 지나간다

날아오는 짭짤한 바다 내음
몸에 부딪혀 별빛으로
반찍이는 순간
잊었던 눈동자 미소로 다가와
조용히 속삭인다

길에서 딩구는 추억
네온등 밑에 그림자로 춤춘다

잡으려 내민 손엔
꽃향기가 장난치고
자정 넘는 시간의 발자국 소리
대기 속에 메아리로 노래한다

흐느끼는 바이올린의 멜로디
이슬 맺혀 떨고 있었다

방황과 슬픔

가을 젖은 실비
술 취한 하루를 짚는다

실눈의 나그네
입술 깨문 풍경도
비틀거린다

목욕하는 아쉬움
눈물의 줄기 잡고
버스음악 칭얼대는데

막차의 이별가
우산 속 표정의 진실 감고
아지랑이 날린다

이슬 머금은 창턱 예쁜 꽃
하늘이 내려와
거리바닥 기어 다님을
껌 씹으며 본다

뒷모습

멀어져가고 있는 안갯속
슬픈 사슴의 다리는
조금은 휘청거리는 술 취한 모습
외로움과 쓸쓸함
하얀 달빛에 실어 보내고 있다
길어졌다 짧아졌다
신의 장난 같은 밤그림자

툭툭 털면 고드름으로
걸려 있던 아픔
스르르 녹아내려
시냇물 되어 흘러버린다

멈춘 듯 가는 듯
별애기 업고서 있는
감히 바라볼 수 없는
여리어지는 마음
실신하여 울려고 한다

밤낮 틈새 헤집고 나오는
고독의 천사 비너스가 되어
뒤에서 가슴으로 옮겨가고 있다

사랑

잠이 밤과 씨름하고
달이 심판 서고
별들이 병아리 한 무리
몰고 와서 삐악거리니
참새들 한 옥타브 높여 짹짹
사랑이 품에서 콩닥콩닥
심장이 자꾸만 나오려 하고
긴 전선줄은 윙윙 신난다
잠꼬대하는 팔
기지개를 파랗게 켜면
동산이 계란 노란 자위
꼴깍 토해내고
바람이 가로채서는
남쪽으로 달아나 버리고
구름은 거품 물고 쫓아간다
발버둥치는 일상이
여느 때보다 빨리
창에 커튼 치려 한다

도시

도시가
시름시름 여름 앓는다
행인들 발밑에서
그리고 차밑에서
진득진득 질척질척

아스팔트의 슬픈 곡성
달래줄 이 없고
진통 가까스로 참는
석쉼한 아픔 가슴을 허빈다

미소

바람이 태질하고 떠난 자리
숨죽이고 있던 풀잎
이상한 낯이 되어
빙그레 웃는다

기우뚱대는 전선대
흐물넙적거리는 가로수

주홍색 입술의 밤
술 마시고 있다

모나리자 내려다보며
매니큐어 빛나는 손으로
핏기 없는 입 가리고
술병이 별과 달 흔들어댄다

새벽이 피씩
아침이 벙긋

타향

현기증은 공중에서
달빛 안고 돌다가
별무리에게 맞아 떨어지고
포물선 무지개, 퍼런 멍

고향은 아스라이 멀어도
폰 안에 숨쉬고
사랑 가까워도
마음은 천만리 밖 맴도네

따뜻한 언덕 너머
추억 춤추고
차가운 시몬스 침대
미니스커트 까만 스타킹
삼각연애 짓씹네

태백로 입체교 위
해란강 노래 부르면
부르하통하 두만강 껴안고
얼굴 부비고

동방명주 탑 위엔
우뚝 선 일송정
그 밑엔 용문교 드러누워
용두레우물 흐느낌 마시네

일상

밤 까먹고 있는
어둠 밀어내고
아침이 터 잡는다
쫓겨 가는 꽁무니
개가 따라가고 있다

닭 오리 게사니의 아우성
아수라장 이루고
아랫도리에 걸친 싱긋함…

정오의 태양은
숫구멍에서 연기 뿜고
지친 오후
커피 홀짝이는 입술에는
석양빛이 피 물고 웃는다

가로등은 아무 곳에나
다 댄스 춘다

새날의 의미

떠들던 어제가 조용해지면
살며시 찾아오는 오늘
흔들어대는 벽시계
숨 가쁜 표정

짧다고 여기는 시
지루하다는 분
싫다 하는 초
좋다고 난리인 하루

다뉴브 강은 원무곡에 취해
난해한 추상화 그리고 있고
멀리 호숫가에는
백조가 발레 추느라 정신없다

약속

기다리는 순간
스치는 꽃바람의 손길
날개 돋쳐 하늘 맴돈다

블랙커피 목구멍 핥는
부드러움
서둘러 거울 본다

즐거움 엔진 달고 달리는데
가로막는 신호등
이제 남은 몇 미터
가슴 죄이는 소리

신호등보다 환한 윙크
수천의 별이 되어
오장육부에 흘러든다

가는 세월

어제와 작별한 오늘
내일과 데이트 약속 잡았다
돌아서 눈물 훔치는 그저께
찡해나는 콧마루에
송골송골 맺힌 아픔
땅속 파고든다

이별은 가끔 예고 없이 닥치고
하얀 흐느낌 소리
조용히 뿌리내리면
동녘에 빨간 웃음 곱게 핀다

까만 젊음 은빛으로 익으면
유리창은 울긋불긋
아름답게 치장하고
달맞이 준비 서두른다
밤과 낮 가벼운 악수
기약 없이 흩어지는 침묵
강물 위에 뚝뚝 꽂힌다

어느 산사의
정적 날리는 종소리
한 폭의 그림으로 벽에 깃든다

착각

마주 오는 여인의 눈길
날이 선 비수로
사나이 탱탱한 가슴
헤치고 들어와 똬리 튼다
심장은 벌써 제자리 떠나
여인의 가슴 더듬다가
어깨의 끈 내리고
속으로 들어가 흥분해 있다

휙 바람이 정신 한 대 갈긴다
얼빠진 넋은 이미 공중에서
돌도리 하느라 눈코 뜰 새 없고
자동차경적 소리가
고막 크게 울려놓아서야
흐린 하늘 검푸른 구름
눈 들여다보고 있음을…

손톱

봄빛 반짝이는 예쁨
파랗게 하늘 찌른다
비명마저 지르지 못하고
땅 위에 나뒹굴고 있는
여름 오후가 나른하다

옥구슬 굴러 내리는
섹시함이 과일동산에
향기로 가슴속 파고들면
꿈틀거리는 심장의 트림소리

겨울빛 섬뜩함이
하얀 달빛과 윙크하면
조용히 무너져 내리는
어리석음이 두꺼운 이불 속
뱀이 되어 기어간다

자정과 새벽이 침상에서
사랑 노랗게 나누면
침대 밑에서 숨죽이던
수정빛 하이힐
동녘의 빨간 유혹
고스란히 따라나선다

새벽달 고드름 끝에서
맑은 핏방울로 떨어뜨리는

호흡소리가
퇴색한 처마 밑
노을빛으로 흐른다

여름 낮

땡볕에 늘어진 정오
심심해서 하품 연발 한다
뜨거운 거리 위에
선크림 두껍게 바른 인간들
밧줄 타는 서커스 배우 같다

더위가
빌딩 철탑
아파트 자동차
하나하나 삼킨다

미니스커트 몸에 감기고
선글라스 섬광 내뿜고
아이스크림 냉커피
팬들에게 에워싸여
비지땀 쏟는다

하나인 듯 하나가 아닌 것들

육욕 꿈틀거리며
휘모리장단으로
탄상 지르고 있다

영(靈)은 아직
빠져나오지 못하고 있는데
육체는 이미
한 무지 쓰레기로 쓰러져 있다
혼(魂)은 답답해서
창가에서 바람 쏘이고 있다

새벽이 아침 부르는 소리
메아리가 되어 날개짓하고
어둠은 바람 속에
안개로 곱게 피어오르고
간밤 잘 구워진 밤이
깡충 동산 위에 뛰어오른다

이런 날

폭풍 업은 비 콩 볶듯이
귀청 마구 찢어놓고
무지개 타고 도망가면
찜질방 뜨거움
개미 되어 거리 기어다니다
밤으로 조용히 드러눕는다

더위가 아파트 안
도적눈으로 기웃거리다
미니스커트 안으로 뛰어들어
계단 올라와서
한집 또 한집 전염시킨다

비

후둑후둑
창 두드리는 눈물방울
귓속 파고들어
못 박는다

무시해버린 계절
파편 되어 몸 뚫는다

칼 도끼 낫 송곳…
온갖 것들 함성 지르며 달려와
안타까움 연기 되어
옷 벗는다

줄 끊어진 사랑
다시 기억 노크하는 소리

돌 · 1

밟혀도 신음 없고
던져져도 원망 않고
속으로 아픔 삼키더니
분통한 억울함
부서진 몸 사이
꽃으로 피워 올린다

살점 뜯어 보석 만들고
하늘 나는 손오공도 낳은
무명영웅의 위대함
쓴 냉소로 입술 감빤다

돌 · 2

수술실에서
모든 장기 잃은 빈 몸
버려지는 슬픔에 울었다

어느 날 밟고 지나는
여인의 가슴에 빛나는
자기 심장 한 조각 발견하고

강에 던져지는 순간
손가락에 예쁘게 끼워진
다른 나머지 찾게 된 행운에

수심 깊이 빠지는 동안
기쁨에 떨고 있는 미소가
수면 위에 파문 곱게 남겼다

그리움

달빛 창가에 외로움 하나
쓸쓸함 마시고 있다
눈초리엔 이슬로 내려앉은
별이 슴벅이고

방 안엔
슈베르트가 나비 되어
훨훨 날고 있고
꽁무니엔 추억이 쫓아다닌다

시간은 벙어리 되고
잔에 찰랑거리던 고독이
마음속에 흘러드는 소리
조용한 음악 누르고 있다

뻐꾹새 울음 날아와
벽에 부딪혀 깨진다

비와 서러움

달이 가출한 그날
밤은 발버둥 치는
울보가 됐다

들먹이는 어깨 위에
새벽이 내려앉아 달랜다

꽃과 나무 눈가에도
울적한 이슬 맺혀 있고

아픈 이별에
자동차도 흠뻑
슬픔에 젖어 있었다

칠월의 밤이야기

보석의 미소 훔쳐온 별
밤무대에서 춤추는 모습
대견스레 지켜보는
달의 입 꽃보다 곱고

견우직녀
키스 나누느라
구경할 겨를 없고
야래향(夜來香)에 취한 연인들
은하수에서 허우적거린다

지나간 일

이부자리 산산조각으로
날아가 버리고

돌아누운 사랑
미움의 톱밥으로
소복소복 쌓인다

까마귀 물어온 불씨 한 알
활활 신나게 춤춘다

타버린 재가 노래하며
즐겁게 흐른다

풍경 좋은 다리 위에서

맑은 하늘 찌푸린 얼굴에
하얀 솜이불 나비 되어 춤춘다
양산백과 축영대의 그림자
날갯짓에 몸 팔아
이름 모를 햇살
맛있게 쪼아 먹는다

방아

해와 달 찧고 있는 어깨에서
빛나는 옥구슬 굴러다니고
흥건히 적셔진
속옷의 섹시함
유혹 낳는다

한데 엉켜 있는 발밑
진한 사랑
엿가락으로 늘어지고

창밖 고요함이
망보고 있다

꿈

이슬 사라진 자리에
안개 타고 내려앉는다

나귀는 아직 매돌 돌린다
수백 년 수수천 년 돌다가
원점으로 돌아가는
암담한 현실
한숨이 땅 위에 떨어진다

창가에 촛불 흘리는 홍루
상처 난 가슴에 소금
짭짤한 맛으로 마주 본다

무지개 빛깔 내일은
달콤한 초콜릿
눈 감으면 사르르
입안에서 녹는다

선글라스

들여다본 세상
온통 무지개 빛깔로
숨 쉬고 있었다

들어갈 수 없는 무능함에
별들은 모래알로 굴러다니다
먼지 되어 떨어져 버리고

재미있는 바깥 이야기들이
호들갑 떨고 있었다
부엉이 시끄럽다고
고개 너머에서 음성 높였다

숙이

사랑했던 이름이
밤하늘 깃발로 펄럭거린다

간절한 속삭임 속에
풀려버린 옷고름
몸 둘 바 몰라 고개 떨구고
흐트러진 시선
하늘에서 소용돌이치는
아찔함에
심장이 튀어나올 것만 같은
숨 가쁜 흥분
강바람 부채질에
천천히 식어 간다

늦가을 밤 뜨겁게 태우던 어제
언덕에서 탄식 날리며
물끄러미 쳐다보는 오늘

담배가 슴벅이는 틈 사이
흘러나온 안개
구름 따라 도망간다

장백로 희미한 헤드라이트
사거리에서 서성거리다
연동교 건넌다

눈물.1

감추려 고개 드는 얼굴에
조용한 달빛 떨어져
바위가 어깨 들먹거린다

바람이 실어온 아픔
웃음 날리는 날개

공중전 하는 혼이
턱 고이고
멀찌감치 구경 즐긴다

눈물.2

고독 하나가
쓰거움 마시고 있다

선글라스에 부딪혀
깨지는 흐느낌
찻잔에 떨어지는 소리
밤의 정적
흔들어대는 아픔에
네온마저 서러운 눈빛
거리에 흘리고 있다

심장 비틀어 대는
무언(无言)의 쓸쓸함
핑크빛 치맛자락 속에서
꼼지락거리고 있다

눈물.3

배웅과 마중으로
웅성거리는 부두
화려한 고동소리

멀리 바라보는 쪽배
눈굽 찍는 모습
가슴 저민다

갸륵한 갈매기 울음
서글픈 어깨에
내려앉아 달래어 주고

슬픔은 크기와 관계없다고
옷깃에 피어난 소금꽃이
조용히 속삭여준다

고독

널따란 창
피해 앉은 외로움이
조용히 흐르는 음악에
어깨 들먹이며 구겨져 있다

커피색 찻잔에
똘랑똘랑 떨어지는 슬픔
말없는 저고리에 매달려
나지막이 흐느끼는 소리
고즈넉한 고요 흔들고 있다

거리의 네온등도
서러운 표정으로
쓸쓸함 흘리고 있는 밤

신나게 질주하는
헤드라이트의 밝은 눈빛
어둠 속에서 유난히 반짝인다

희야

빨갛게 타들어가는 산 두고
하얗게 멀어져가는 배
까맣게 몰려오는
그리운 이름

조용히 부르는 목멘 음성
귀 기울이면 뛰어오는
정다운 발자국 소리
필이 되어 기억의 노트 위에
흔적 남긴다

부서지는 추억 서성이는
아름다운 여름바다
모래사장에
써놓은 약속 되살아나
햇빛 안고 반짝이는
황홀한 그 순간

아지랑이로 사라져가는
잡을 수 없는 후회가
갈매기 되어 하늘로 난다

탈

어제가 오늘로 이어지지만
청순함 이미 철새 되어
아득히 멀다

아쉬운 청춘 흘리는
강의 흐느낌 소리
바람이 물어 와
귓가에 던진다

화려함 뒤에 숨어 몸부림치는
주름진 과거 고개 떨군다

은빛 머리 감추려
삭발하는 어리석음
날이 새면 하얀 새싹으로
조심스레 돋아난다

타협 모르는 아침
빨간 해 토해낸다

쓰러진 밤
도마뱀 되어
꼬리 감추고 있다

만남

눈빛 하나로 인연 맺히고
햇살 좋은 벤치
달아오른 밤 정열 태웠다

스쳐가는 바람
시샘 떨구고
호수에 핀 연꽃
눈길 피했다

별들이 웃는 소리
귀맛 다시는데

이슬
새벽 불러오고 있었다

그대의 미소는 내 사랑

지친 몸
부드러움으로 다가와
피로 풀어주고 애무해주고

흐린 날은 난로가 되어
차가움 녹여주는 따뜻함

외로운 날은 안주가 되어
뜯기고 씹혀도
신음 한 마디 없이
달래주는 익숙함

옷고름 풀어 가슴 내주고
자장가로 다독여주는
싫증 모르는 안온함

달콤한 입술의 유혹
버릴 수 없는 욕망
넌출 뻗쳐 감고 있다
천년만년 풀 수 없도록

비 내리는 가을

비실비실 날리는
색 바랜 하늘 처마 밑에서
눈물 떨구고 있다

높고 푸른 구월은
어디론가 소풍 가고

어두운 세상
창밖에서 서성거리고
무거운 마음
방 안에서 맴돌고 있다

혀가 굳어
말 못 하는 안타까움
활자로 찍는 눈언저리에
이슬이 말라붙어 탄식한다

위로의 새 한 마리
젖은 날개 퍼덕이며
강 건너 빌딩숲 헤치며
바람 타고 훨훨 날아간다

허수아비

허허벌판
깃발로 나부끼는
의로운 사나이 모습
비바람 눈보라에
몸은 찢겨 만신창

낮에는
햇빛으로 머리 감고
밤이면
달빛으로 목욕하고

치근덕거리는 유혹
감겨드는 애교
팔소매로 밀어내고
찬란한 미소로 춤추는
눈부신 혼 학이 되어
세월의 풍파 속에 덩실덩실

가을 하늘

언짢은 기색으로
어두워진 표정
좀 안쓰럽다

벌에는
성숙으로 내닫는 곡식들이
덩실덩실 춤추고
언덕 위에는 주렁진 과일들이
풍경소리로 다가오는 향기
혀를 감빨고 목젖 간지럽힌다

고개 들어 우러르는 농군
쉼 없이 흘러가는 세월

머리 위에선
금방이라도 실 끊고
구슬들이 와르르
쏟아져 내릴 것 같다

밤 그리고

최면의 유혹에
졸졸 따라가는 영혼
육체와 점점 멀어진다

금방 봉우리 두 개 스친
아쉬움이 어느새 손목 잡혀
무성한 숲 지나
깊은 골짜기로 빠져드니
앞에서는 또
질펀한 늪이 윙크 날리고
심연 속으로 빠져드는
아찔함 숨 몰아쉰다

화려한 침실 커튼 사이
비집고 들어온 햇살
침대에서 코 곤다

꽃

난이 초불 켜면
향이 파랗게 퍼진다

잠자던 낮
코 벌름거리며 눈 뜨면
해바라기 멍하니 서 있다

호수에는 연꽃이 엎드려 있고
그 위엔 이슬이 쌔근쌔근
빨간 꿈 꾼다

계화꽃 바람과
중천에서 모당왈츠 추고
모차르트가 지휘한다

베토벤과 슈베르트가
나팔 불고 바이올린 켜면
멀찌감치 떨어진 그늘 밑에서
톱 든 목수가 하품
하얗게 덧칠한다

나무도 풀도 없는 하늘에
눈꽃 돌도리 하며
제멋에 취해 발버둥 치고 있다

이별

가슴 찢는 슬픔 기적으로 울고
끝없는 여로 앞에서 손짓하고
내일의 부름 따라
오늘도 정처 없는 발길
마음 울린다

보일 수 없는 눈물
속으로 사품쳐 흐르는
안타까움
타이어가 대신하고
먼지로 날리는
희미한 시선 속
두고 온 고향 정든 사람
날개 돋쳐 따라온다

돌아보지 말자는
다짐 무시하고
말 듣지 않는 고개
점점 비틀어지고

방랑의 길

나그네 발길에 희망 꽃피고
정 깊은 눈길
고향 싸들고 간다

미지의 내일
피 끓는 용기
구름 위에 얹어두고

열 손가락 기약 접어
침묵의 옷섶에
기적소리 비벼 닦는다

공(空)

담배의 속 탄 사정
재로 날리는 그 아픔
백로가 쪼아 먹더니
까마귀 되어 날아간다

하늘 대번에 어두워지고
후둑후둑 눈물 떨구는데
세월강 언덕에 때맞춰 울리는
가슴 훑어 내리는 색소폰 소리

아는지 모르는지
흔들어대는 얄미운 시계추
갈 길 재촉해댄다

해와 달 교대하는 마당에
앞질러 불 밝히는 가로등

깊숙한 산골짜기 사찰에는
지혜로 빛나는 젊은 승려
향기론 기원 깔고 앉아
수천 년 염불 두드리고 있다

고독

아픈 어제와 씩씩한 내일
손잡고 비탈길 산책 중

강가의
첼로연주자 오늘
고달픔 켜고 있는 처량함

쓸쓸함 묻어나는 밤의 적막
오선보에서 뛰쳐나와
하늘 중천에서 탈춤 추고 있다

넓은 정원
가야금 흐느낌 소리
달이 내려앉아 달래준다

별리(別離)·1

마지막 한 마디
꽃으로 흘려놓고
아쉬움 멍하니 간다

바람마저 쉬는 고요
산과 들에 길게 눕고
외로운 그림자 향연으로
탄식 날리는 풍경
목석마저
눈물 흘리고파 한다

정적 뿌리내리는 틈 사이
소리 없는 아우성
머리 풀어 매달리고

대신해 울어주는
기적소리의 고마움
하늘땅 뒤흔들고
기러기 앞질러
높게 날개 편다

별리(別離) · 2

외면한 사랑
정이 창가에서 훔쳐본다

미움 앗아간 비행기
추억만 꽁무니에
하얗게 흘려 놓고 도망가고

안타까운 외로움
눈물로 위장하여 밀어낸다

탄식이 멀리 사라지는
연기 향해 손 젓는다

비 오는 밤

추억이 잠 깨는 소리
마른 가슴 적신다
날아드는 어제의 아픔
벌겋게 살 저미는데
하늘이 동정 어린 눈물 쏟는다
강 건너에서 구경하는 오늘은
깨고소한 표정
게걸스레 흘린다

월세방 기왓장 밟아 깬
20년 전 빔이 난간에
멍하니 기대어서
힘든 그날들
돌돌 말아서 붙여 물고
한숨 석쉼하게 뱉어낸다
피어오르는 파란 상처가
아물지 않아 피고름
뚝뚝 떨구고 있다

달과 별은 은하수 다리 건너
내일 빛내며 속삭인다
눈물자국이 환한 미소
곱게 토해내는 아우성
벙어리 가슴에 소리꽃으로
피려고 피우려고 바득거린다

이야기

귀뚜라미 슬픈 음악
갈고리로 가슴 찍는 아픔
뽀얀 안개 타고 신기루 되어
하늘 공중에 난무하는 밤

별들이 놀라
도망가는 뒤에
야한 가운 걸친 달
따라가는 망측함
신사가 양복 벗어 감싼다

코 고는 나그네 콧등에
내려앉은 모기
알코올에 취해 비칠거리며
왕거미에게 삿대질하다가
그물에 걸려 허우적대는
개그 콘서트
웃음이 눈물 찔끔 짠다

연꽃 위에 앉아
지켜보던 개구리
하품하다가
물에 빠지는 소리에
새벽이 소스라쳐 깨나는 세상
동녘에 언제 올라간 붕어
하얀 배가 눈부시다

잠 잃은 새벽에

모기의 볼멘소리
그리움 불러오면
눈뜬 고독
먼 추억 붙여 문다
안개로 들어갔다가
구름으로 빠져나오는
허전함의 신음
하늘로 오른다

머리 위에선 달과 별
역사 교과서 외우고 있고
아직도 남아 있는
수두룩한 숙제들의 한숨
책상 위에 앉아 하품하는데

주섬주섬 어둠 껴입고
시 주우러 나서는
허무한 그림자
아파트 계단 내려간다

아침으로 가는 길목

거리의 네온등
사색에 잠겨 조용한데
요란한 엔진 히스테리 웃음에
발길에 밟히던
젊은 날의 이야기
깨지고 부서지는 고통
콩알이 되어 땅 위에 뒹군다

스포츠카 남기고 간 바람
흘겨보는 삼각매의 삼각눈
매서움으로 뒤쫓고

오렌지빛 청소부
세월의 빗자루로
세상먼지 쓸어내는
흥얼흥얼 노랫소리
길바닥에서 춤춘다

슬픔의 밤부르스

삼팔선 쳐놓은
샤브샤브 가마

저쪽은 빨갛게 매운 동네
이쪽은 하얗고 멀건 세상

형언키 어려운 맛
보글보글 끓어 넘치는
내용물은 같은데
제각기
다른 이름으로 불러지는
안타까움 김으로 피어오른다

도깨비들이 앉아
진실과 거짓 집어 먹는다
파란 눈 뇌수 건져 올리는 손
욕심이 꿈틀거리고
심장 빨고 있는 노란 눈엔
음탕함이 빛나고
숨죽이고 국물만 마시는
까만 눈 속으로 한심함 씹는다

잔에는 술 대신에
약자의 피가 찰랑대고
낭자한 입가 피비린내
실내에서 빠져나와

거리에서 댄스 춘다

한 귀퉁이엔
막걸리 사발이
바가지 두드리며
타령 부르고 있었다

내 사랑

환한 얼굴 밤 밝히는 부드러움
부엉이 울음소리로
옷고름 풀고 기타 두드린다

감미로운 멜로디
고독 보듬으면
사르르 녹아내리는 그리움
몸속 파고들어 똬리 튼다

하늘과 땅 사이

그리움 은도끼 들고
밤 패는 소리에
심장이 나란히 발맞춘다
여윈 모기 날개가 켜대는
바이올린 선율
창밖 귀뚜라미가 박자 맞춰
흐느껴 운다
숨찬 부엉새 영탄곡이여
산이 강에 빠져
허우적이는데
높이 걸린 달나라여
상아 아씨 옥토끼 안고
자장가 불러주는 잔잔함이여
은하수 또다시
출렁거리네

산다는 것

파란 꿈 발돋움하는 천진함
비에 울고 바람에 웃고
눈보라 속 헤매다
빙판 위에 미끄러지는 성숙

숨죽이고 벙어리로 앓다가
꽃으로 노래 부르는 자유
제비 되어 하늘 나는
아름다운 날갯짓

돌아보면 꼬불꼬불
추억이 뱀으로
청춘 숲에서 헤엄치고

은빛 물감으로 머리
예쁘게 꾸미고
입가에 조각달 머금고
물로 왔다 연기로
후회 없는 긴 여행 떠나는
멋쟁이 나그네

또 하루

아침상 물리고
돌아앉은 오전

남으로 미끄러지는 해바라기
고개 돌리고
점심 알리는 창자
밥술 잡는다

잠 불러오는 오후
햇빛 깔고 누워
꿈 씹으면

창가 기웃거리는
서편 하늘 서글픈 웃음
나그네 이마 위에 춤추고

보이차 한 잔
붉게 타는 단풍에 물들어
황혼 보듬고 있다

시집을 엮고서

지은이 · 권순진

글을 쓴 지 꼭 30년 만에 첫 시집을 내게 되었다. 1989년 처녀작 <장미꽃>을 『연변일보』에 발표, 그로부터 10년 뒤 연변작가협회 회원이 됐다.

학교 다닐 때 꿈이 문학가였으니까 꿈 반은 성공한 셈이다. 중학교 담임 심수옥 선생님이 어찌 보면 저를 문학에 길로 이끌어주신 은인이시다.

시를 쓰는 데 도움을 가장 많이 주신 분으로는 이미 저세상 가신 조룡남 선생님이시다.

30년 글을 써오면서 별의별 장르를 다 긁적거려 봤다. 시, 수필, 소설, 가사, 아동문학작품… 그러나 종당에는 복합상징시라는 새로운 시 창작에 뿌리를 두게 되었다. 그동안 리상각 선생님, 리임원 선생님, 석화 선생님, 최룡관 선생님, 최문섭 선생님, 김응룡 선생님 그리고 시우 김현순 등등 분들께도 지도를 받았다. 이 자리에서 고맙다는 인사 허리 굽혀 드린다.

긴말 늘어놓으면 모두들 싫어한다. 짧게 줄이겠다. 그 외에도 여러모로 고마운 선배시인, 시우들도 많으나 일일이 나열할 수 없어서 죄송한 마음이니 널리 양해를 구하는 바이다.

시는 내 피고 살이고 내 생명이다. 이 세상 끝나는 날까지, 아니, 저세상 가서도 시를 위해서 뛰는 내 심장은 멈추지 않을 것이다.

2020년 2월 15일

하늘과 땅 사이

초판인쇄 2020년 02월 14일
초판발행 2020년 02월 14일

지은이 권순진
펴낸이 채종준
펴낸곳 한국학술정보㈜
주소 경기도 파주시 회동길 230(문발동)
전화 031) 908-3181(대표)
팩스 031) 908-3189
홈페이지 http://ebook.kstudy.com
전자우편 출판사업부 publish@kstudy.com
등록 제일산-115호(2000. 6. 19)

ISBN 978-89-268-9929-8 03810